给孩子的古诗

采桑子 编

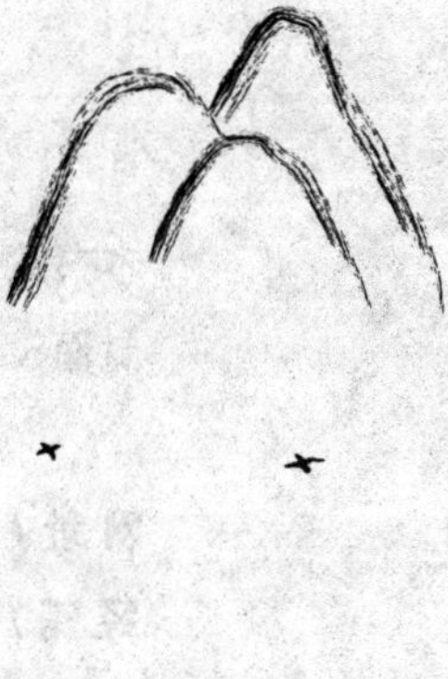

北方文艺出版社

图书在版编目（CIP）数据

给孩子的古诗 / 采桑子编. — 哈尔滨：北方文艺出版社，2017.10

ISBN 978-7-5317-4016-2

Ⅰ. ①给… Ⅱ. ①采… Ⅲ. ①古典诗歌 – 诗集 – 中国 – 少儿读物 Ⅳ. ①I222.72

中国版本图书馆 CIP 数据核字 (2017) 第 222881 号

给孩子的古诗

GEI HAIZI DE GUSHI

编 者 / 采桑子

责任编辑 / 王金秋
本书策划 / 李异鸣
编辑统筹 / 刘志红
封面设计 / 象上设计

出版发行 / 北方文艺出版社
网 址 / www.bfwy.com
邮 编 / 150080
经 销 / 新华书店
地 址 / 黑龙江现代文化艺术产业园 D 栋 526 室

印 刷 / 北京高岭印刷有限公司
开 本 / 720 × 1020　1/32
字 数 / 120 千字
印 张 / 7.25
版 次 / 2017 年 10 月第 1 版
印 次 / 2017 年 10 月第 1 次印刷
书 号 / ISBN 978-7-5317-4016-2
定 价 / 39.80 元

目录

诗经·秦风·蒹葭

蒹葭苍苍，白露为霜。
所谓伊人，在水一方。
溯洄从之，道阻且长。
溯游从之，宛在水中央。
蒹葭萋萋，白露未晞。
所谓伊人，在水之湄。
溯洄从之，道阻且跻。
溯游从之，宛在水中坻。
蒹葭采采，白露未已。
所谓伊人，在水之涘。
溯洄从之，道阻且右。
溯游从之，宛在水中沚。

古诗十九首·迢迢牵牛星

迢迢牵牛星，
皎皎河汉女。
纤纤擢素手，
札札弄机杼。
终日不成章，
泣涕零如雨。
河汉清且浅，
相去复几许！
盈盈一水间，
脉脉不得语。

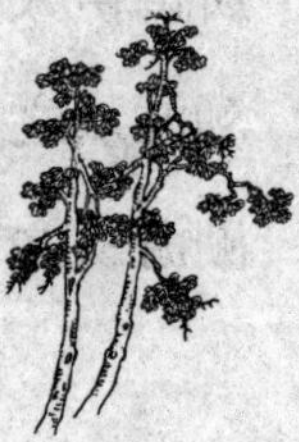

古诗十九首·行行重行行

行行重行行，与君生别离。
相去万余里，各在天一涯。
道路阻且长，会面安可知？
胡马依北风，越鸟巢南枝。
相去日已远，衣带日已缓。
浮云蔽白日，游子不顾返。
思君令人老，岁月忽已晚。
弃捐勿复道，努力加餐饭。

汉乐府·江南

江南可采莲，
莲叶何田田。
鱼戏莲叶间。
鱼戏莲叶东，
鱼戏莲叶西，
鱼戏莲叶南，
鱼戏莲叶北。

汉乐府·长歌行

青青园中葵，
朝露待日晞。
阳春布德泽，
万物生光辉。
常恐秋节至，
焜黄华叶衰。
百川东到海，
何时复西归。
少壮不努力，
老大徒伤悲。

汉乐府·饮马长城窟行

青青河畔草，绵绵思远道。
远道不可思，宿昔[1]梦见之。
梦见在我傍，忽觉在他乡。
他乡各异县，辗转不相见。
枯桑知天风，海水知天寒。
入门各自媚，谁肯相为言。
客从远方来，遗我双鲤鱼。
呼儿烹鲤鱼，中有尺素书。
长跪读素书，书中竟何如。
上言加餐食，下言长相忆。

「1」宿昔：又作“夙昔”。

三国·魏·曹植

七步诗[1]

煮豆持作羹，漉菽以为汁。
萁在釜下燃，豆在釜中泣。
本自同根生，相煎何太急？

「1」另有版本为：煮豆燃豆萁，豆在釜中泣。本是同根生，相煎何太急？至近代，文学大师郭沫若和鲁迅都曾根据曹植诗写过《反七步诗》，其中郭沫若《反七步诗》为：

煮豆燃豆萁，豆熟萁已灰。
熟者席上珍，灰作田中肥。
不为同根生，缘何甘自毁？

饮酒【其四】

秋菊有佳色，裛[1]露掇其英。
泛此忘忧物，远我遗世情。
一觞虽独尽，杯尽壶自倾。
日入群动息，归鸟趋林鸣。
啸傲东轩下，聊复得此生。

[1] 裛：读 yì，通“浥”，沾湿。

东晋·陶渊明

饮酒【其五】

结庐在人境，而无车马喧。
问君何能尔？心远地自偏。
采菊东篱下，悠然见南山。
山气日夕佳，飞鸟相与还。
此中有真意，欲辨已忘言。

敕勒歌

敕勒川[1]，阴山下。
天似穹庐，笼盖四野[2]。
天苍苍，野茫茫。
风吹草低见[3]牛羊。

「1」敕勒川：敕勒（chì lè）川为敕勒族居住的地方，在今天的山西、内蒙古一带。

「2」野：读 yǎ。另有版本将“天似穹庐，笼盖四野”写为“天似穹庐盖四野”。

「3」见：读 xiàn。

北魏·陆凯

赠范晔

折花逢驿使，
寄与陇头人。
江南无所有，
聊赠一枝春。

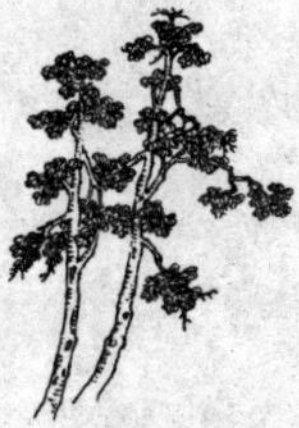

唐·骆宾王

咏 鹅

鹅，鹅，鹅，
曲项向天歌。
白毛浮绿水，
红掌拨清波。

唐·李峤

风

解落三秋叶，
能开二月花。
过江千尺浪，
入竹万竿斜。

唐·王勃

山中

长江悲已滞，
万里念将归。
况属高风晚，
山山黄叶飞。

唐·王勃

送杜少府之任蜀州

城阙辅三秦，
风烟望五津。
与君离别意，
同是宦游人。
海内存知己，
天涯若比邻。
无为在歧路，
儿女共沾巾。

唐·宋之问

渡汉江

岭外音书断，
经冬复历春。
近乡情更怯，
不敢问来人。

唐·贺知章

咏柳

碧玉妆成一树高，
万条垂下绿丝绦。
不知细叶谁裁出，
二月春风似剪刀。

唐·贺知章

回乡偶书【其一】

少小离家老大回，
乡音无改鬓毛衰[1]。
儿童相见不相识，
笑问客从何处来。

「1」鬓毛衰：衰读 cuī，鬓毛衰，又写作鬓毛催。指耳边的头发疏落。

唐·陈子昂

登幽州台歌

前不见古人，
后不见来者。
念天地之悠悠，
独怆然而涕下。

唐·张旭

山中留客

山光物态弄春晖，
莫为轻阴便拟归。
纵使晴明无雨色，
入云深处亦沾衣。

唐·张九龄

感遇【其一】

兰叶春葳蕤，
桂华秋皎洁。
欣欣此生意，
自尔为佳节。
谁知林栖者，
闻风坐相悦。
草木有本心，
何求美人折？

唐·张九龄

感遇【其七】

江南有丹橘，
经冬犹绿林。
岂伊地气暖，
自有岁寒心。
可以荐嘉客，
奈何阻重深。
运命惟所遇，
循环不可寻。
徒言树桃李，
此木岂无阴？

唐·张九龄

望月怀远

海上生明月，
天涯共此时。
情人怨遥夜，
竟夕起相思。
灭烛怜光满，
披衣觉露滋。
不堪盈手赠，
还寝梦佳期。

唐·王之涣

凉州词

黄河远上白云间，
一片孤城万仞山。
羌笛何须怨杨柳，
春风不度玉门关。

唐·王之涣

登鹳雀楼

白日依山尽，
黄河入海流。
欲穷千里目，
更上一层楼。

唐·孟浩然

春晓

春眠不觉晓，
处处闻啼鸟。
夜来风雨声，
花落知多少。

唐·孟浩然

宿建德江

移舟泊烟渚[1]，

日暮客愁新。

野旷天低树，

江清月近人。

「1」烟渚：江中雾气笼罩的沙洲。渚，被水环绕的小块陆地。

唐·孟浩然

过故人庄

故人具鸡黍，
邀我至田家。
绿树村边合，
青山郭[1]外斜。
开轩[2]面场圃，
把酒话桑麻。
待到重阳日，
还来就菊花。

「1」郭：古代城墙有内外两重，内为城，外为郭。此处指村庄的外墙。
「2」轩：窗户。

唐·王翰

凉州词【其一】

葡萄美酒夜光杯，
欲饮琵琶马上催。
醉卧沙场君莫笑，
古来征战几人回？

唐·李颀

古从军行

白日登山望烽火，
黄昏饮马傍交河。
行人刁斗风沙暗，
公主琵琶幽怨多。
野云万里无城郭，
雨雪纷纷连大漠。
胡雁哀鸣夜夜飞，
胡儿眼泪双双落。
闻道玉门犹被遮，
应将性命逐轻车。
年年战骨埋荒外，
空见蒲桃入汉家。

唐·王昌龄

出塞【其一】

秦时明月汉时关，
万里长征人未还。
但使龙城飞将在，
不教胡马度阴山。

唐·王昌龄

从军行【其四】

青海长云暗雪山，
孤城遥望玉门关[1]。
黄沙百战穿金甲，
不破楼兰[2]终不还。

「1」玉门关：汉武帝时设置，在今甘肃敦煌市西北，为当时通往西域各地的门户，因西域输入玉石时取道于此而得名。

「2」楼兰：古代西域国名，在今新疆维吾尔自治区羌县、罗布泊一带，诗中泛指西北边境少数民族政权。

唐·王昌龄

芙蓉楼送辛渐

寒雨连江夜入吴，
平明送客楚山孤。
洛阳亲友如相问，
一片冰心在玉壶。

唐·王维

鹿柴

空山不见人，
但闻人语响。
返景入深林，
复照青苔上。

唐·王维

竹里馆

独坐幽篁里，
弹琴复长啸。
深林人不知，
明月来相照。

唐·王维

使至塞上

单车欲问边，
属国过居延。
征蓬出汉塞，
归雁入胡天。
大漠孤烟直，
长河落日圆。
萧关逢候骑，
都护在燕然。

唐·王维

相思

红豆生南国，
春来发几枝。
愿君多采撷，
此物最相思。

唐·王维

山中送别

山中相送罢，
日暮掩柴扉。
春草明年绿，
王孙归不归？

唐·王维

杂诗三首【其二】

君自故乡来，
应知故乡事。
来日绮窗前，
寒梅著花未？

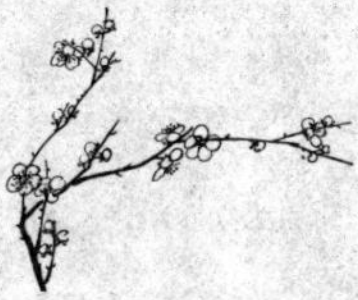

唐·王维

鸟鸣涧

人闲桂花落，
夜静春山空。
月出惊山鸟，
时鸣春涧中。

唐·王维

九月九日忆山东兄弟

独在异乡为异客，
每逢佳节倍思亲。
遥知兄弟登高处，
遍插茱萸少一人。

唐·王维

送元二使安西

渭城朝雨浥轻尘，
客舍青青柳色新。
劝君更尽一杯酒，
西出阳关无故人。

唐·裴迪

华子冈

落日松风起，
还家草露晞。
云光侵履迹，
山翠拂人衣。

唐·李白

静夜思

床前明月光，
疑是地上霜。
举头望明月，
低头思故乡。

唐·李白

古朗月行

小时不识月，呼作白玉盘。
又疑瑶台镜，飞在青云[1]端。
仙人垂两足，桂树何团团。
白兔捣药成，问言与谁餐？
蟾蜍蚀圆影，大明夜已残。
羿昔落九乌，天人清且安。
阴精此沦惑，去去不足观。
忧来其如何？凄怆摧心肝。

「1」青云：另作“白云”。

唐·李白

长干行二首【其一】

妾发初覆额，折花门前剧。
郎骑竹马来，绕床弄青梅。
同居长干里，两小无嫌猜，
十四为君妇，羞颜未尝开。
低头向暗壁，千唤不一回。
十五始展眉，愿同尘与灰。
常存抱柱信，岂上望夫台。
十六君远行，瞿塘滟滪堆。
五月不可触，猿声天上哀。
门前迟行迹，一一生绿苔。
苔深不能扫，落叶秋风早。
八月蝴蝶黄，双飞西园草。
感此伤妾心，坐愁红颜老。
早晚下三巴，预将书报家。
相迎不道远，直至长风沙。

唐·李白

独坐敬亭山

众鸟高飞尽，
孤云独去闲。
相看两不厌，
只[1]有敬亭山。

「1」只：另作“惟”。

唐·李白

闻王昌龄左迁龙标遥有此寄

杨花落尽子规啼，
闻道龙标过五溪。
我寄愁心与明月，
随风直到夜郎西。

唐·李白

夜宿山寺

危楼高百尺，
手可摘星辰。
不敢高声语，
恐惊天上人。

唐·李白

望庐山瀑布

日照香炉生紫烟，
遥看瀑布挂前川。
飞流直下三千尺，
疑是银河落九天。

唐·李白

赠汪伦

李白乘舟将欲行，
忽闻岸上踏歌声。
桃花潭水深千尺，
不及汪伦送我情。

唐·李白

黄鹤楼送孟浩然之广陵

故人西辞黄鹤楼，
烟花三月下扬州。
孤帆远影碧空尽，
唯见长江天际流。

唐·李白

早发白帝城

朝辞白帝彩云间，
千里江陵一日还。
两岸猿声啼不住，
轻舟已过万重山。

唐·李白

春夜洛城闻笛

谁家玉笛暗飞声，
散入春风满洛城。
此夜曲中闻折柳，
何人不起故园情。

唐·李白

秋浦歌

白发三千丈，
缘愁似个长。
不知明镜里，
何处得秋霜。

唐·李白

望天门山

天门中断楚江开，
碧水东流至此回。
两岸青山相对出，
孤帆一片日边来。

唐·李白

峨眉山月歌

峨眉山月半轮秋，
影入平羌江水流。
夜发清溪向三峡，
思君不见下渝州。

唐·李白

黄鹤楼闻笛

一为迁客去长沙，
西望长安不见家。
黄鹤楼中吹玉笛，
江城五月落梅花。

唐·李白

山中答问

问余何意栖碧山，
笑而不答心自闲。
桃花流水窅然去，
别有天地非人间。

唐·李白

送友人

青山横北郭，
白水绕东城。
此地一为别，
孤蓬万里征。
浮云游子意，
落日故人情。
挥手自兹去，
萧萧班马鸣。

唐·李白

月下独酌

花间一壶酒，
独酌无相亲。
举杯邀明月，
对影成三人。
月既不解饮，
影徒随我身。
暂伴月将影，
行乐须及春。
我歌月徘徊，
我舞影零乱。
醒时同交欢，
醉后各分散。
永结无情游，
相期邈云汉。

唐·李白

关山月

明月出天山，
苍茫云海间。
长风几万里，
吹度玉门关。
汉下白登道，
胡窥青海湾。
由来征战地，
不见有人还。
戍客望边色，
思归多苦颜。
高楼当此夜，
叹息未应闲。

唐·李白

登金陵凤凰台

凤凰台上凤凰游，
凤去台空江自流。
吴宫花草埋幽径，
晋代衣冠成古丘。
三山半落青天外，
二水中分白鹭洲。
总为浮云能蔽日，
长安不见使人愁。

唐·李白

把酒问月·故人贾淳令予问之

青天有月来几时？我今停杯一问之。
人攀明月不可得，月行却与人相随。
皎如飞镜临丹阙，绿烟灭尽清辉发。
但见宵从海上来，宁知晓向云间没。
白兔捣药秋复春，嫦娥孤栖与谁邻？
今人不见古时月，今月曾经照古人。
古人今人若流水，共看明月皆如此。
唯愿当歌对酒时，月光长照金樽里。

唐·崔颢

长干行【其一】

君家何处住，
妾住在横塘。
停船暂借问，
或恐是同乡。

唐·崔颢

黄鹤楼

昔人已乘黄鹤去，
此地空余黄鹤楼。
黄鹤一去不复返，
白云千载空悠悠。
晴川历历汉阳树，
芳草萋萋鹦鹉洲。
日暮乡关何处是？
烟波江上使人愁。

唐·高适

别董大二首【其一】

千里黄云白日曛，
北风吹雁雪纷纷。
莫愁前路无知己，
天下谁人不识君。

唐·杜甫

绝句二首【其一】

迟日江山丽，
春风花草香。
泥融飞燕子，
沙暖睡鸳鸯。

唐·杜甫

绝句二首【其二】

江碧鸟逾白，
山青花欲燃。
今春看又过，
何日是归年。

唐·杜甫

春夜喜雨

好雨知时节，
当春乃发生。
随风潜入夜，
润物细无声。
野径云俱黑，
江船火独明。
晓看红湿处，
花重锦官城。

唐·杜甫

绝 句

两个黄鹂鸣翠柳，
一行白鹭上青天。
窗含西岭千秋雪，
门泊东吴万里船。

唐·杜甫

江南逢李龟年

岐王宅里寻常见，
崔九堂前几度闻。
正是江南好风景，
落花时节又逢君。

唐·杜甫

赠花卿[1]

锦城丝管日纷纷，
半入江风半入云。
此曲只应天上有，
人间能得几回闻。

「1」花卿：指唐朝武将花敬定。卿，古代对人的一种敬称。

唐·杜甫

春日忆李白

白也诗无敌，
飘然思不群。
清新庾开府，
俊逸鲍参军。
渭北春天树，
江东日暮云。
何时一樽酒，
重与细论文。

唐·杜甫

望岳

岱宗夫如何？
齐鲁青未了。
造化钟神秀，
阴阳割昏晓。
荡胸生曾云，
决眦入归鸟。
会当凌绝顶，
一览众山小。

唐·杜甫

缚鸡行

小奴缚鸡向市卖，
鸡被缚急相喧争。
家中厌鸡食虫蚁，
不知鸡卖还遭烹。
虫鸡于人何厚薄，
我斥奴人解其缚。
鸡虫得失无了时，
注目寒江倚山阁。

唐·杜甫

房兵曹胡马

胡马大宛名，
锋棱瘦骨成。
竹批双耳峻，
风入四蹄轻。
所向无空阔，
真堪托死生。
骁腾有如此，
万里可横行。

唐·杜甫

江畔独步寻花

黄四娘家花满蹊，
千朵万朵压枝低。
留连戏蝶时时舞，
自在娇莺恰恰啼。

唐·杜甫

除架[1]

束薪[2]已零落，
瓠叶转萧疏。
幸结白花了，
宁辞青蔓除。
秋虫声不去，
暮雀意何如。
寒事今牢落，
人生亦有初。

「1」架：瓜架。除架即清理瓜架。

「2」束薪：本意指捆扎起来的柴木。《汉书·朱买臣传》："常刈薪樵，卖以给食，担束薪，行且诵书。"诗中可理解为构建的瓜架。

唐·杜甫

月夜忆舍弟

戍鼓断人行，
边秋[1]一雁声。
露从今夜白，
月是故乡明。
有弟皆分散，
无家问死生。
寄书长不达，
况乃未休兵。

「1」边秋：一作秋边。

唐·杜甫

月夜

今夜鄜州月，
闺中只独看。
遥怜小儿女，
未解忆长安。
香雾云鬟湿，
清辉玉臂寒。
何时倚虚幌，
双照泪痕干。

唐·杜甫

旅夜书怀

细草微风岸，
危樯独夜舟。
星垂平野阔，
月涌大江流。
名岂文章著，
官应老病休。
飘飘何所似，
天地一沙鸥。

唐·杜甫

春望

国破山河在，
城春草木深。
感时花溅泪，
恨别鸟惊心。
烽火连三月，
家书抵万金。
白头搔更短，
浑欲不胜簪。

唐·杜甫

闻官军收河南河北

剑外忽传收蓟北，
初闻涕泪满衣裳。
却看妻子愁何在，
漫卷诗书喜欲狂。
白日放歌须纵酒，
青春作伴好还乡。
即从巴峡穿巫峡，
便下襄阳向洛阳。

唐·缪氏子

赋新月

初月如弓未上弦，
分明挂在碧霄边。
时人莫道蛾眉小，
三五团圆照满天。

唐·岑参

逢入京使

故园东望路漫漫，
双袖龙钟泪不干。
马上相逢无纸笔，
凭君传语报平安。

唐·张继

枫桥夜泊

月落乌啼霜满天，
江枫渔火对愁眠。
姑苏城外寒山寺，
夜半钟声到客船。

唐·刘长卿

送灵澈上人

苍苍竹林寺，
杳杳钟声晚。
荷笠带斜阳，
青山独归远。

唐·刘长卿

逢雪宿芙蓉山主人

日暮苍山远，
天寒白屋贫。
柴门闻犬吠，
风雪夜归人。

唐·刘长卿

听弹琴

泠泠七弦[1]上，
静听松风寒。
古调虽自爱，
今人多不弹。

「1」七弦：又作“七丝”。

唐·常建

题破山寺后禅院

清晨入古寺，
初日照高林。
曲径通幽处，
禅房花木深。
山光悦鸟性，
潭影空人心。
万籁此俱寂，
惟余钟磬音。

唐·司空曙

江村即事

钓罢归来不系船，
江村月落正堪眠。
纵然一夜风吹去，
只在芦花浅水边。

唐·刘方平

夜月

更深月色半人家，
北斗阑干南斗斜。
今夜偏知春气暖，
虫声新透绿窗纱。

唐·刘方平

春 怨

纱窗日落渐黄昏，

金屋[1]无人见泪痕。

寂寞空庭春欲晚，

梨花满地不开门。

「1」金屋：出自汉武帝“金屋藏娇”的典故，诗中指富丽堂皇的居所。

唐·戎昱

移家别湖上亭

好是春风湖上亭，
柳条藤蔓系离情。
黄莺久住浑相识，
欲别频啼四五声。

唐·戎昱

咏 史[1]

汉家青史[2]上，
计拙是和亲。
社稷依明主，
安危托妇人。
岂能将玉貌，
便拟静胡尘。
地下千年骨[3]，
谁为辅佐臣。

「1」咏史：题目又作“和蕃”。
「2」青史：史册。古人在青竹简上记事，后世就称史册为青史。
「3」千年骨：指汉代臣子的尸骨。

唐·张籍

秋思

洛阳城里见秋风，
欲作家书意万重。
复恐匆匆说不尽，
行人临发又开封。

唐·王建

十五夜望月寄杜郎中

中庭地白树栖鸦，
冷露无声湿桂花。
今夜月明人尽望，
不知秋思落谁家。

唐·戴叔伦

过三闾庙[1]

沅湘流不尽，
屈子怨何深。
日暮秋风起，
萧萧枫树林。

「1」三闾庙：即屈原庙，因屈原曾任三闾大夫而得名，在今湖南汨罗县境。

唐·戴叔伦

兰溪棹歌

凉月如眉挂柳湾，
越中山色镜中看。
兰溪三日桃花雨，
半夜鲤鱼来上滩。

唐·李益

喜见外弟又言别

十年离乱后，
长大一相逢。
问姓惊初见，
称名忆旧容。
别来沧海事，
语罢暮天钟。
明日巴陵道，
秋山又几重。

唐·杨巨源

城东早春

诗家清景在新春，
绿柳才黄半未匀。
若待上林花似锦，
出门俱是看花人。

唐·韩愈

早春呈水部张十八员外

天街小雨润如酥[1]，
草色遥看近却无。
最是一年春好处，
绝胜烟柳满皇都。

「1」天街小雨润如酥：京城街道的春雨像酥油一样滑腻。酥，指酥油，即牛羊奶制成的食品。

唐·韩愈

晚 春

草树知春不久归，
百般红紫斗芳菲。
杨花榆荚无才思，
惟解漫天作雪飞。

唐·韩愈

春雪

新年都未有芳华，
二月初惊见草芽。
白雪却嫌春色晚，
故穿庭树作飞花。

唐·韩翃

寒食[1]

春城无处不飞花，
寒食东风御柳斜。
日暮汉宫传蜡烛，
轻烟散入五侯[2]家。

---

[1] 寒食：即寒食节。古代清明节前一两天，禁烟火，只吃冷食，故有此名。

[2] 五侯：汉成帝时王皇后的五个兄弟王谭、王商、王立、王根、王逢皆受封为侯，极受恩宠。这里泛指天子近臣。

唐·韦应物

秋夜寄邱员外

怀君属秋夜，
散步咏凉天。
空山松子落，
幽人应未眠。

唐·韦应物

滁州西涧

独怜幽草涧边生，
上有黄鹂深树鸣。
春潮带雨晚来急，
野渡无人舟自横。

唐·韦应物

淮上喜会梁川故人

江汉[1]曾为客，
相逢每醉还。
浮云一别后，
流水十年间。
欢笑情如旧，
萧疏鬓已斑。
何因不归去？
淮上有秋山[2]。

「1」江汉：指汉江。
「2」淮上有秋山：指淮水边有美好的风光。

唐·卢纶

塞下曲【其二】

林暗草惊风，
将军夜引弓。
平明寻白羽，
没在石棱中。

唐·孟郊

游子吟

慈母手中线，
游子身上衣。
临行密密缝，
意恐迟迟归。
谁言寸草心，
报得三春晖。

唐·崔护

题都城南庄

去年今日此门中，
人面桃花相映红。
人面不知何处去，
桃花依旧笑春风。

唐·刘禹锡

乌衣巷

朱雀桥边野草花，
乌衣巷口夕阳斜。
旧时王谢堂前燕，
飞入寻常百姓家。

唐·刘禹锡

望洞庭

湖光秋月两相和，
潭面无风镜未磨。
遥望洞庭山水色，
白银盘里一青螺。

唐·刘禹锡

浪淘沙

九曲黄河万里沙，
浪淘风簸自天涯。
如今直上银河去，
同到牵牛织女家。

唐·刘禹锡

竹枝词

杨柳青青江水平，
闻郎江上踏歌声。
东边日出西边雨，
道是无晴却有晴。

秋 词

自古逢秋悲寂寥，
我言秋日胜春朝。
晴空一鹤排云上，
便引诗情到碧霄。

唐·李绅

悯农二首 【其一】

春种一粒粟，
秋收万颗子。
四海无闲田，
农夫犹饿死。

唐·李绅

悯农二首【其二】

锄禾日当午，
汗滴禾下土。
谁知盘中餐，
粒粒皆辛苦？

唐·白居易

钱塘湖春行

孤山寺北贾亭西，
水面初平云脚低。
几处早莺争暖树，
谁家新燕啄春泥。
乱花渐欲迷人眼，
浅草才能没马蹄。
最爱湖东行不足，
绿杨阴里白沙堤。

唐·白居易

池上

小娃撑小艇，
偷采白莲回。
不解藏踪迹，
浮萍一道开。

唐·白居易

问刘十九

绿蚁新醅酒，
红泥小火炉。
晚来天欲雪，
能饮一杯无？

唐·白居易

望月有感

自河南经乱，关内阻饥，兄弟离散，各在一处。因望月有感，聊书所怀，寄上浮梁大兄、於潜七兄、乌江十五兄，兼示符离及下邽弟妹。

时难年荒世业空，弟兄羁旅各西东。
田园寥落干戈后，骨肉流离道路中。
吊影分为千里雁，辞根散作九秋蓬。
共看明月应垂泪，一夜乡心五处同。

唐·白居易

观游鱼

绕池闲步看鱼游，
正值儿童弄钓舟。
一种爱鱼心各异，
我来施食尔垂钩。

唐·白居易

暮江吟

一道残阳铺水中，
半江瑟瑟半江红。
可怜[1]九月初三夜，
露似真珠[2]月似弓。

「1」可怜：可爱的意思。
「2」真珠：又作“珍珠”。

唐·白居易

大林寺桃花

人间四月芳菲尽，
山寺桃花始盛开。
长恨春归无觅处，
不知转入此中来。

唐·白居易

赋得古原草送别

离离原上草，
一岁一枯荣。
野火烧不尽，
春风吹又生。
远芳侵古道，
晴翠接荒城。
又送王孙去，
萋萋满别情。

唐·胡令能

小儿垂钓

蓬头稚子学垂纶，
侧坐莓苔草映身。
路人借问遥招手，
怕得鱼惊不应人。

唐·柳宗元

零陵早春

问春从此去，
几日到秦原。
凭寄还乡梦，
殷勤入故园。

唐·柳宗元

江雪

千山鸟飞绝，
万径人踪灭。
孤舟蓑笠翁，
独钓寒江雪。

唐·柳宗元

渔 翁

渔翁夜傍西岩宿，
晓汲清湘燃楚竹。
烟销日出不见人，
欸乃一声山水绿。
回看天际下中流，
岩上无心云相逐。

唐·贾岛

寻隐者不遇

松下问童子，
言师采药去。
只在此山中，
云深不知处。

唐·刘皂

渡桑干

客舍并州已十霜，
归心日夜忆咸阳。
无端更渡桑干水，
却望并州是故乡。

唐·杜牧

秋夕

银烛秋光冷画屏，
轻罗小扇扑流萤。
天阶夜色凉如水，
卧看牵牛织女星。

唐·杜牧

山行

远上寒山石径斜，
白云深处[1]有人家。
停车坐爱枫林晚，
霜叶红于二月花。

「1」深处：又作“生处”。

唐·杜牧

清 明

清明时节雨纷纷，

路上行人欲断魂。

借问酒家何处有？

牧童遥指杏花村。

唐·杜牧

江南春

千里莺啼绿映红，
水村山郭酒旗风。
南朝四百八十寺，
多少楼台烟雨中。

唐·杜牧

登乐游原

长空澹澹孤鸟没，
万古销沉向此中。
看取汉家何事业，
五陵无树起秋风。

唐·杜牧

泊秦淮

烟笼寒水月笼沙，
夜泊秦淮近酒家。
商女不知亡国恨，
隔江犹唱后庭花。

唐·罗隐

蜂

不论平地与山尖，
无限风光尽被占。
采得百花成蜜后，
为谁辛苦为谁甜。

唐·陈陶

陇西行四首【其二】

誓扫匈奴不顾身，
五千貂锦丧胡尘。
可怜无定河边骨，
犹是春闺[1]梦里人。

「1」春闺：又作“深闺”。

唐·李商隐

夜雨寄北

君问归期未有期，
巴山夜雨涨秋池。
何当共剪西窗烛，
却话巴山夜雨时。

唐·李商隐

嫦娥

云母屏风烛影深，
长河渐落晓星沉。
嫦娥应悔偷灵药，
碧海青天夜夜心。

唐·李商隐

霜 月

初闻征雁已无蝉，
百尺楼高[1]水接天。
青女素娥俱耐冷，
月中霜里斗婵娟。

「1」楼高：又作“楼台”

唐·李商隐

登乐游原

向晚意不适，
驱车登古原。
夕阳无限好，
只是近黄昏。

唐·李商隐

无题

相见时难别亦难，
东风无力百花残。
春蚕到死丝方尽，
蜡炬成灰泪始干。
晓镜但愁云鬓改，
夜吟应觉月光寒。
蓬山此去无多路，
青鸟殷勤为探看。

唐·温庭筠

商山早行

晨起动征铎，
客行悲故乡。
鸡声茅店月，
人迹板桥霜。
槲叶落山路，
枳花明[1]驿墙。
因思杜陵梦，
凫雁满回塘。

「1」明：又作“照”。

唐·高骈

山亭夏日

绿树阴浓夏日长，
楼台倒影入池塘。
水精[1]帘动微风起，
满架蔷薇一院香。

「1」水精：又作“水晶”。

唐·韦庄

台 城

江雨霏霏江草齐，
六朝如梦鸟空啼。
无情最是台城柳，
依旧烟笼十里堤。

唐·王驾

雨晴

雨前初见花间蕊，
雨后全无叶底花。
蜂蝶纷纷过墙去，
却疑春色在邻家。

唐·郑谷

淮上与友人别

扬子江头杨柳春，
杨花愁杀渡江人。
数声风笛离亭晚，
君向潇湘我向秦。

唐·钱珝

江行无题一百首【其九十八】

万木已清霜，
江边村事忙。
故溪黄稻熟，
一夜梦中香。

宋·范仲淹

江上渔者

江上往来人，
但爱鲈鱼美。
君看一叶舟，
出没风波里。

宋·欧阳修

画眉鸟

百啭千声随意移，
山花红紫树高低。
始知锁向金笼听，
不及林间自在啼。

宋·王安石

元日

爆竹声中一岁除，
春风送暖入屠苏。
千门万户曈曈日，
总把新桃换旧符。

宋·王安石

梅花

墙角数枝梅，
凌寒独自开。
遥知不是雪，
为有暗香来。

宋·王安石

赠外孙

南山新长凤凰雏，
眉目分明画不出。
年小从他爱梨栗，
长成须读五车书。

宋·王安石

题何氏宅园亭

荷叶参差卷，

榴花次第开。

但令心有赏，

岁月任渠[1]催。

「1」渠：（赣）方言，指他，她，它。按：王安石为临川人，属地即今天的江西抚州临川区。

宋·王安石

游钟山

终日看山不厌山，
买山终待老山间。
山花落尽山常在，
山水空流山自闲。

宋·王安石

南荡

南荡东陂水渐多，
陌头车马断经过。
钟山未放朝云散，
奈何黄梅细雨何。

宋·王安石

北陂[1]杏花

一陂春水绕花身，
花影妖娆各占春。
纵被春风吹作雪，
绝胜南陌碾成尘。

「1」陂：读 bēi，指池塘。

宋·王安石

北山

北山输绿涨横陂，
直堑回塘滟滟时。
细数落花因坐久，
缓寻芳草得归迟。

宋·王安石

江上

江水漾西风，
江花脱晚红。
离情被横笛，
吹过乱山东。

宋·王安石

江上

江北秋阴一半开，
晚云含雨却低徊。
青山缭绕疑无路，
忽见千帆隐映来。

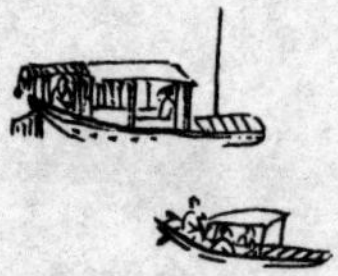

宋·王安石

松江

来时还似去时天，
欲道来时已惘然。
只有松江桥下水，
无情长送去来船。

宋·王安石

泊船瓜洲

京口瓜洲一水间，
钟山只隔数重山。
春风又绿江南岸，
明月何时照我还？

宋·王安石

封舒国公三首【其二】

桐乡山远复川长，
紫翠连城碧满隍。
今日桐乡谁爱我，
当时我自爱桐乡。

宋·苏轼

六月二十七日望湖楼醉书

黑云翻墨未遮山，
白雨跳珠乱入船。
卷地风来忽吹散，
望湖楼下水如天。

宋·苏轼

题西林壁

横看成岭侧成峰，
远近高低各不同。
不识庐山真面目，
只缘身在此山中。

宋·苏轼

饮湖上初晴后雨

水光潋滟晴方好，
山色空蒙[1]雨亦奇。
欲把西湖比西子，
淡妆浓抹[2]总相宜。

「1」蒙：通“濛”。
「2」淡妆浓抹：又作“浓妆淡抹”。

宋·苏轼

惠崇春江晚景二首【其一】

竹外桃花三两枝，
春江水暖鸭先知。
蒌蒿满地芦芽短，
正是河豚欲上时。

宋·苏轼

望湖楼晚景

横风吹雨入楼斜，

壮观应须好句夸。

雨过潮平江海碧，

电光时掣紫金蛇。

宋·李清照

夏日绝句

生当作人杰，
死亦为鬼雄。
至今思项羽，
不肯过江东。

宋·曾几

三衢道中[1]

梅子黄时日日晴，
小溪泛尽却山行。
绿阴不减来时路，
添得黄鹂四五声。

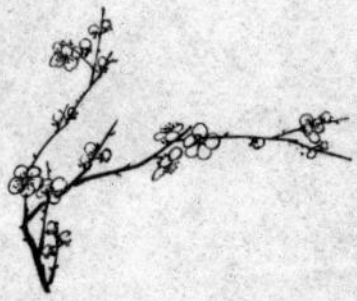

「1」三衢道中：在去三衢州的路途中。三衢即衢州，今属浙江，因境内有三衢山而得名。

宋·陆游

秋夜将晓出篱门迎凉有感

三万里河东入海，

五千仞岳上摩天。

遗民泪尽胡尘里，

南望王师又一年。

宋·陆游

示儿

死去元知万事空，
但悲不见九州同。
王师北定中原日，
家祭无忘告乃翁。

十一月四日风雨大作二首【其二】

僵卧孤村不自哀，
尚思为国戍轮台。
夜阑卧听风吹雨，
铁马冰河入梦来。

宋·范成大

四时田园杂兴

昼出耘田夜绩麻，
村庄儿女各当家。
童孙未解供耕织，
也傍桑阴学种瓜。

宋·杨万里

小池

泉眼无声惜细流，
树阴照水爱晴柔。
小荷才露尖尖角，
早有蜻蜓立上头。

宋·杨万里

二月十一日夜梦作东都早春绝句

道是春来早，
如何未见春？
小桃三四点，
偏报有情人。

宋·杨万里

春日六绝句

雾气因山见，
波痕到岸消。
诗人元自懒，
物色故相撩。

宋·杨万里

道旁竹

竹竿穿竹篱，
却以篱为柱。
大小且相依，
荣枯何足顾。

宋·杨万里

宿新市徐公店

篱落疏疏一径深，
树头花落未成阴。
儿童急走追黄蝶，
飞入菜花无处寻。

宋·杨万里

舟过安仁

一叶渔船两小童，
收篙停棹坐船中。
怪生无雨都张伞，
不是遮头是使风。

宋·杨万里

南溪弄水回望山园梅花

梅从山下过溪来，
近爱清溪远爱梅。
溪水声声留我住，
梅花朵朵唤人回。

宋·杨万里

雨后田间杂纪【其二】

田水高低各斗鸣，
溪流奔放更欢声。
小儿倒捻青梅朵，
独立茅檐看客行。

宋·杨万里

晓出净慈寺送林子方

毕竟西湖六月中，
风光不与四时同。
接天莲叶无穷碧，
映日荷花别样红。

宋·杨万里

入常山界二首【其二】

昨日愁霖今喜晴，
好山夹路玉亭亭。
一峰忽被云偷去，
留得峥嵘半截青。

二月一日晓渡太和江【其一】

绿杨接叶杏交花，
嫩水新生尚露沙。
过了春江偶回首，
隔江一片好人家。

宋·杨万里

闲居初夏午睡起二绝句【其一】

梅子留酸软齿牙，
芭蕉分绿与窗纱。
日长睡起无情思，
闲看儿童捉柳花。

宋·杨万里

闲居初夏午睡起二绝句【其二】

松阴一架半弓苔，
偶欲看书又懒开。
戏掬清泉洒蕉叶，
儿童误认雨声来。

宋·杨万里

万安道中书事【其二】

携家满路踏春华，
儿女欣欣不忆家。
骑吏也忘行役苦，
一人人插一枝花。

宋·杨万里

桂源铺

万山不许一溪奔，
拦得溪声日夜喧。
到得前头山脚尽，
堂堂溪水出前村。

宋·杨万里

小 雨

雨来细细复疏疏，
纵不能多不肯无。
似妒诗人山入眼，
千峰故隔一帘珠。

宋·朱熹

春日

胜日寻芳泗水滨，
无边光景一时新。
等闲识得东风面，
万紫千红总是春。

宋·朱熹

观书有感【其一】

半亩方塘一鉴[1]开，
天光云影共徘徊。
问渠那得清如许？
为有源头活水来。

「1」鉴：镜子。指池塘像一面镜子一样打开。

宋·林升

题临安邸

山外青山楼外楼，
西湖歌舞几时休？
暖风熏得游人醉，
直把杭州作汴州。

宋·叶绍翁

游园不值[1]

应怜屐齿印苍苔，
小扣柴扉久不开。
春色满园关不住，
一枝红杏出墙来。

「1」值：遇到。

乡村四月

绿遍山原白满川，
子规声里雨如烟。
乡村四月闲人少，
才了蚕桑又插田。

宋·戴复古

江村晚眺

江头落日照平沙，
潮退渔船阁岸斜。
白鸟一双临水立，
见人惊起入芦花。

宋·赵师秀

约客

黄梅时节家家雨，
青草池塘处处蛙。
有约不来过夜半，
闲敲棋子落灯花。

宋·文天祥

过零丁洋

辛苦遭逢起一经[1]，
干戈寥落四周星。
山河破碎风飘絮，
身世浮沉雨打萍。
惶恐滩头说惶恐，
零丁洋里叹零丁。
人生自古谁无死，
留取丹心照汗青。

「1」起一经：因为精通一种经书，通过科考被朝廷录用为官。文天祥二十岁即考中状元。此句和“人生识字忧患始”（苏轼）有相近含意。

元·王冕

墨梅

吾家洗砚池头树，
个个花开淡墨痕。
不要人夸颜色好，
只流[1]清气满乾坤。

「1」流：有流传、流布之意。有很多版木皆作“留”。

明·于谦

石灰吟

千锤万凿出深山，

烈火焚烧若等闲。

粉身碎骨全不怕，

要留清白在人间。

明·张羽

咏兰花

能白更兼黄，
无人亦自芳。
寸心原不大，
容得许多香。

明·钱福

明日歌[1]

明日复明日，明日何其多。
我生待明日，万事成蹉跎。
世人若被明日累，春去秋来老将至。
朝看水东流，暮看日西坠。
百年明日能几何？请君听我明日歌。

「1」一说为明代画家文徵明之子文嘉所作。同时流传下来的还有同被认为是文嘉所作的《今日歌》：

今日复今日，今日何其少。
今日又不为，此事何时了。
人生百年几今日，今日不为真可惜。
若言姑待明朝至，明朝又有明朝事。
为君聊赋今日诗，努力请从今日始。

《昨日歌》：

昨日兮昨日，昨日何其好。
昨日过去了，今日徒懊恼。
世人但知悔昨日，不知今日又过了。
水去日日流，花落日日少。
成事立业在今朝，莫待明朝悔今朝。

清·袁枚

所见

牧童骑黄牛，
歌声振林樾。
意欲捕鸣蝉，
忽然闭口立。

清·袁枚

十二月十五夜

沉沉更鼓急，
渐渐人声绝。
吹灯窗更明，
月照一天雪。

清·郑燮

竹石

咬定青山不放松，
立根原在破岩中。
千磨万击还坚劲，
任尔东西南北风。

清·高鼎

村居

草长莺飞二月天，
拂堤杨柳醉春烟。
儿童散学归来早，
忙趁东风放纸鸢。

清·龚自珍

己亥杂诗[1]【其五】

浩荡离愁白日斜，
吟鞭东指即天涯。
落红不是无情物，
化作春泥更护花。

「1」按:《己亥杂诗》共有 315 首，为清代诗人龚自珍创作的组诗。成诗这一年，作者 48 岁，有着满腔的爱国热情，对官场充满厌倦，对清王朝的没落腐朽深感无奈。此处的己亥年，为清道光十九年（1839 年）。

清·龚自珍

己亥杂诗【其二百二十】

九州生气恃风雷，
万马齐喑究可哀。
我劝天公重抖擞，
不拘一格降人才。